Annette-Josefine Fischer

Annettes Anekdoten

Geschichten und Aphorismen
zum Schmunzeln

FSC
www.fsc.org

MIX

Papier aus ver-
antwortungsvollen
Quellen
Paper from
responsible sources

FSC® C105338

*Für meine geliebte Lavender, die viel zu früh
aus dem Leben gerissen wurde.*

*Ein herzlicher Dank geht an meine
Freundinnen Karolina und Beate sowie an
meinen gebeutelten Mann, der nie Langeweile
mit mir haben wird.*

*Ganz besonders möchte ich auch Frau Svitlana
Sukhachova danken, die diese wunderbaren
Illustrationen für mein Buch gezeichnet hat.*

Bibliografische Information der Deutschen Nationalbibliothek:
Die Deutsche Nationalbibliothek verzeichnet diese Publikation in der
Deutschen Nationalbibliografie; detaillierte bibliografische Daten
sind im Internet über http://dnb.d-nb.de abrufbar.

Annettes Anekdoten
Geschichten und Aphorismen zum Schmunzeln

© 2024 by Annette-Josefine Fischer

ISBN 9783757885830

Herstellung und Verlag: BoD – Books on Demand, Norderstedt

Illustrationen: Svitlana Sukhachova

Projektbetreuung: Ka & Jott, Bernau bei Berlin

Kontakt zur Autorin: Annette-Josefine.Fischer@kabelmail.de

Das Werk, einschließlich seiner Teile, ist urheberrechtlich geschützt.
Jede Verwertung ist ohne Zustimmung des Verlages und des Autors unzulässig.
Dies gilt insbesondere für die elektronische oder sonstige Vervielfältigung,
Übersetzung, Verbreitung und öffentliche Zugänglichmachung.

Alle Rechte vorbehalten.

INHALT

BUONA SERA ODER KARUSSELL MAL ANDERS

„Perfektion ist die Flucht vor dem Chaos."

Verschwitzte Menschen standen in einem engen Gang. Es herrschte aggressive Stille, bis ein Kind quengelte. Hunger, Durst und Hitze lagen in der verbrauchten Luft des Waggons und zerrten an den Nerven der Reisenden. Rhythmisch, im Abstand der Laternenmasten, die aussahen wie geköpfte Zinnsoldaten, blitzte die Bahnsteigbeleuchtung durch die schmierigen Fenster. Eine letzte Weiche, ein Ruck und die Fahrgäste schleuderten mit ihrem Gepäck durcheinander. Endlich begann der Zug zu bremsen.

„Roma Termini, Roma Termini!" Eine monotone Frauenstimme sprach aus den rauschenden Lautsprechern am Bahnsteig. Stimmengewirr unzähliger Reisender, hektisches Durcheinanderlaufen, wüste Beschimpfungen und verzweifelte Menschen glichen einem Ameisenhaufen im Großformat.

Klara stand müde und abgekämpft auf dem Bahnsteig und hielt sich verkrampft an ihrer großen Handtasche fest. Aber die Reise war noch nicht beendet.

„Ernst, wir haben schon eine halbe Stunde Verspätung. Hoffentlich bekommen wir noch unseren Anschlusszug!"

Ihr langjähriger Freund Ernst lächelte nachsichtig.

„Aber sicher, Klara. Das haben sie doch vorhin durchgesagt. Nur trödeln dürfen wir natürlich nicht." Er eilte, so gut es ging, voraus, beladen mit Koffern und Rucksack, und rief fortwährend: „Attenzione, attenzione, prego!"

Routiniert, als wäre er jeden Tag an diesem Ort, rannte er mal links-, mal rechtsherum, dann durch den engen unterirdischen Bahnsteigtunnel und wieder hinauf auf einen anderen Bahnsteig.

Klara folgte ihm zwar blindlings, aber schimpfend. Letztlich war sie trotzdem zufrieden, denn Ernst war ein Phänomen. Auch mit diesen Strapazen fand er zielsicher den richtigen Zug. Klara wusste schon nicht mehr, wie viele blaue Flecken sie sich unterwegs eingehandelt hatte und wo ihr Absatz steckte – jedenfalls nicht mehr an ihrem Schuh.

„Siehst du! Ich habe es doch gesagt, Neigetechnik!" Mit einem strahlenden Lächeln stand Ernst schließlich an der geöffneten Waggontür und griff nach Klaras Gepäck. Wenn sie vorher gewusst hätte, was da auf sie zukommen würde, wäre sie niemals eingestiegen.

Klara betrat mit ihrem grünen Reisekostüm und der hellen Bluse den modernen Reisezug. Sie bemerkte die komfortablen Schalensitze mit den kleinen Tischen. Mit großer Erleichterung über diese schnittige Eleganz mit Hightech-Ambiente ließ sie sich in den reservierten Sessel fallen. Sie holte einige Male tief Luft und tupfte sich mit einem Taschentuch das Gesicht ab.

„Bist du sicher, dass wir hier richtig sind?", fragte sie besorgt, denn sie wollte diesen hochkarätigen Komfort nicht mehr missen. Der Zug, aus dem Klara und Ernst zuvor ausgestiegen waren, hatte im Vergleich zu diesem Designerstück seinen Weg zur Verschrottung nur noch nicht gefunden. Klara strich über den Sesselbezug und lächelte.

„Jaja", sagte Ernst, als hätte er ihre Gedanken erraten, „in diesem Zug gibt es nur reservierte Plätze. Warte nur, bis du das Abendessen gesehen hast. Wenn du willst, kannst du natürlich auch eine Zeitung haben!"

„Ernst, das ist wirklich großartig."

Er strahlte Ruhe und Gelassenheit aus, was Klara dankbar annahm. Zufrieden lehnte sie sich in ihren Schalensitz zurück und wartete auf das, was da noch kommen sollte. Der abgebrochene Absatz war vergessen.

Ein schriller Pfiff, das Einrasten der Türen und auf ging es nach Bologna. Fast geräuschlos glitt der Zug auf den Schienen und kehrte dem ewigen Rom den Rücken zu. Ein Zug, der bedeutende Metropolen verbindet, schnell und zuverlässig, sogar über Nacht!

„Was will man noch mehr?", fragte Ernst und wedelte mit seinem Arm in der Luft.

Als er gerade etwas dösen wollte, kam eine Zugbegleiterin in einer maßgeschneiderten Uniform und einer kleinen silbernen Minibar an den Platz und brachte das Abendessen.

„Das ist wunderbar, Ernst! Nach diesen langen Stunden in einem überfüllten Zug fühle ich mich dem Himmel nah." Klara seufzte. Die Schwüle am späten Nachmittag machte ihr offensichtlich noch etwas zu schaffen.

Ausgerechnet während sie noch ihre Tomatensuppe löffelte, hörte sie einen durchdringenden Ton, der an eine verstimmte Posaune erinnerte. Kurz darauf schien sie in ihrem Sessel abzuheben.

Sie drehte sich samt Tomatensuppe, die sich langsam über ihre teure Bluse ergoss, in ihrem Schalensessel um ihre eigene Achse. Ehe sie begriff, was hier passierte, wiederholte sich diese Runde mehrere Male. Die Schale mit den Suppenresten entwickelte eine gewisse Eigendynamik und landete dank Zentrifugalkraft auf dem Schoß einer Dame, die auf der anderen Seite neben Ernst saß. Es ertönte eine schriller Aufschrei, der die Aufmerksamkeit aller Reisenden in diesem Großraumabteil auf sie lenkte. Klara ließ sich davon nicht beeindrucken und blickte immer wieder mitten in das Gesicht eines Mannes, der den Platz hinter ihr eingenommen hatte. Er war ein breit gebauter, untersetzter Mann, der seinen Sessel ganz ausfüllte. Sein ausdrucksloses, mit Kummerfalten durchzogenes Gesicht stierte mit konzentriertem Interesse in die Abendzeitung.

Während sie sich wie in einem Karussell drehte und dabei immer wieder dieses reizlose Männergesicht im Maßanzug vor Augen hatte, spürte sie, wie sich ein flaues, unangenehmes Gefühl in ihrem Magen breitmachte. Es kroch langsam, aber unaufhörlich in ihr hoch. Nach einem Ruck hörte sie ein Zischen und dann nahm der Sitz wieder die Ausgangsposition ein. Klara war erleichtert. Sie konnte wieder normal sitzen.

„Ernst, was war das?", fragte sie verstört und bemerkte erst jetzt, dass sich die Tomatensuppe nicht mehr in der kleinen Schale befand, die sie vorhin noch in der Hand hielt. Nun hatte sie bei einer anderen Dame einen Platz gefunden. Diese versuchte verzweifelt und fluchend, die Flecken von ihrer Hose zu entfernen.

„Du musst den Feststeller betätigen", sagte Ernst und verzog sein Gesicht zu einer säuerlichen Mine.

Unbeeindruckt von ihrer inzwischen ziemlich ramponierten Fassade beugte er sich zu ihr herüber und drückte auf verschiedene Tasten unterhalb der Armlehne. Dabei blieb er mit seinem Schuh im Aufschlagsaum seiner Hose hängen und fiel im wahrsten Sinne des Wortes vor Klara auf die Knie.

Genau in diesem Moment hörte Klara wieder den unangenehmen Posaunenton und los ging es in ihrem privaten Karussell. Ernst versuchte inzwischen, aufzustehen, und setzte sich dann völlig erschöpft in seinen Sitz zurück.

Klara hatte keine Zeit, darüber nachzudenken und zu überlegen, was das wohl für Knöpfe gewesen waren, auf die Ernst da gedrückt hatte. Auf jeden Fall waren es nicht die richtigen gewesen. Schneller als zuvor schwirrte sie in einer unglaublichen Geschwindigkeit zunächst an dem jammernden Ernst und dann an dem älteren Herrn vorbei. Der bohrende Blick seiner dunklen Augen, die über den Rand des Journale hervorlugten, machten Klara so nervös, dass sie in ihrer Verzweiflung jedes Mal „Buona sera" zu ihm sagte.

Der Mann bedachte sie mit einem seltsamen Blick und war sich seiner Überlegenheit durchaus bewusst. Klara erntete nur ein kümmerliches „Sera" und dann lehnte er sich scheinbar gleichgültig in seinen Sessel zurück.

Als Klara zu einem späteren Zeitpunkt über diese Situation nachdachte, war es ihr ganz klar. Sie hätte sich selbst in diesem Aufzug nicht anders betrachtet.

Inzwischen rebellierte ihr Magen unaufhörlich. Sie konnte es kaum noch ertragen, in diesem Sessel herumgeschleudert zu werden. Endlich kam das erlösende Zischen und wieder versuchte Ernst, sie von ihren Qualen zu erlösen.

Plötzlich und unerwartet richtete sich der ältere Herr hinter den beiden in seinem Sessel auf, steckte seine Zeitung weg und warf Klara einen kühlen Blick zu. Verschiedenste Empfindungen jagten über sie hinweg und sie sah die anderen Fahrgäste nur noch in einem nebelhaften Schleier.

Der Mann erhob sich schließlich steifbeinig. Klara zuckte zusammen und bemerkte, wie sich die Züge des Mannes zu einem Grinsen verzogen.

„Scusi", sagte er mit tiefer Stimme und beugte sich schweigend zur Seite. Blitzschnell drückte er auf einen Knopf, den Ernst und Klara noch nicht ausprobiert hatten.

„Grazie", antwortete Klara wie in Trance, während er sie mit einem triumphierenden Lächeln beobachtete.

Schließlich ließ sich der Mann wieder in seinen Sessel fallen. Die anderen Fahrgäste gingen wieder ihren Beschäftigungen nach und Klara starrte minutenlang auf den roten Knopf an ihrem Sessel, ehe sie sich zu Ernst umdrehte und fragte: „Wann sind wir endlich in B-B-Bologna ...?"

SIE MÜSSEN MIT FRAU FISCHER SPAZIEREN GEHEN

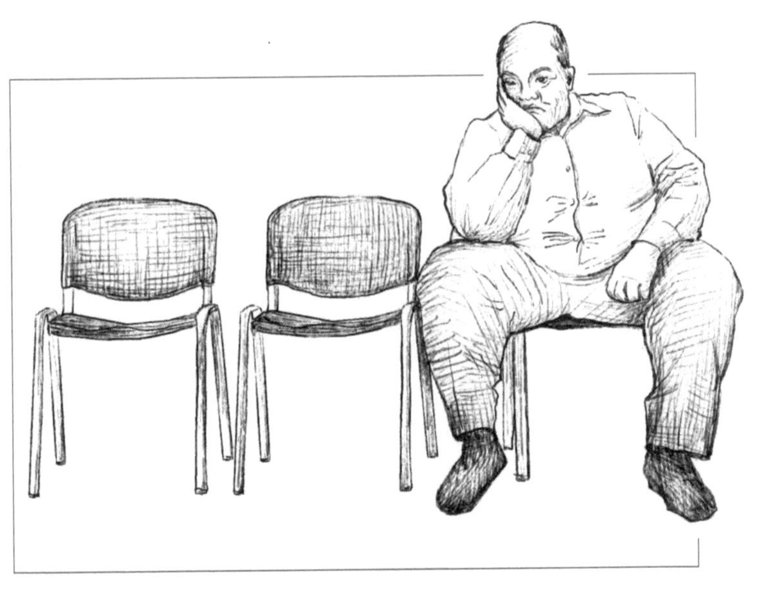

„Schlechte Laune ist das Resultat von fehlerhaftem Seelenmanagement."

Das Leben ist wie eine Achterbahn: ein ständiges Auf und Ab der Emotionen, mal himmelhoch jauchzend, mal zu Tode betrübt ... Sitzt man soeben noch überglücklich auf einem sonnigen Hügel und genießt sein Dasein, fährt man plötzlich und unerwartet mit einer Schussfahrt ins tiefe Tal – und das ohne Bremse!

So musste ich mit ansehen, wie meine Frau in einen sterilen Krankenwagen eingeladen wurde. Ich versuchte, mit meinem Auto zu folgen, und sah, wie der Krankenwagen mit heulenden Sirenen und Blaulicht durch die Braunschweiger Innenstadt raste. Als ich die Notaufnahme erreichte, wurde meine Frau recht unsanft ins nächste Behandlungszimmer gebracht.

„Was haben wir denn da?“, fragte ein Pfleger, als ich völlig abgehetzt neben meiner Frau stand.

Der Sanitäter erklärte kurz die Sachlage und versuchte, die Blutung am linken Fußknöchel zu stoppen. Ich sah, wie meine Frau erschöpft und frierend im Behandlungsraum des Gefäßchirurgen lag.

Die dunklen Augen des Arztes blinzelten durch eine silberne runde Brille und schauten mich und meine Frau vorwurfsvoll an. Der weiße Kittel von Dr. Sullimann saß perfekt und seine Überlegenheit löste bei mir Ängste und völlige Hilflosigkeit aus.

„Warum kommen Sie erst jetzt?", fragte er uns mit sonorer Stimme. „Sie muss operiert werden, und zwar sofort. Ich schlage zunächst eine ambulante Operation vor, kann Ihnen aber nicht versprechen, dass das ausreicht oder keine weiteren Operationen nötig sind."

Dabei stand er auf und holte seinen Terminkalender, ohne auf eine Antwort zu warten.

„Heute ist Montag. Ja, morgen Früh geht. Um sieben Uhr nüchtern. Alles klar? Frau Schlingel erklärt Ihnen dann gleich alles Weitere. Wir müssen mal schauen, welche Station jetzt noch ein Bett frei hat."

Ich nickte und drückte meiner Frau die Hand. Ich konnte keinen Ton hervorbringen.

„Mir ist so kalt", sagte sie und ich bemerkte, wie sie zitterte …

Wie mir meine Frau zu einem späteren Zeitpunkt berichtete, verbrachte sie eine schlaflose Nacht in einem unruhigen Dreibettzimmer. Sie war auch ohne Beruhigungstablette völlig erschöpft und es war ihr inzwischen gleichgültig gewesen, was mit ihr passierte. Dann ging alles ganz schnell. Meine Frau wurde in den OP gebracht und ich machte mich auf den Weg in den ambulanten Wartebereich. Welche merkwürdigen Szenen sich dort abspielten, sollte meine Frau erst viel später erfahren.

Ich betrat den harmonisch eingerichteten Warteraum in der Art eines Matadors, der siegessicher in die Arena einzog. Schließlich lehnte ich mich mit meinen Daumen in den Gürtelschlaufen an eine mintgrün getönte Wand neben dem Sitzbereich. Ich beobachtete das Geschehen und dachte nach. Dabei fiel mein Blick schließlich auf Schwester Elli. Sie war lang und dürr wie eine Lauchstange. Ihre rotblonden Locken standen wirr um ihren Kopf und wippten im Takt ihrer hektischen Bewegungen mit. Ihr unförmiger Kopf mit dem blassen Teint hob sich kaum von der hell gekalkten Wand ab. Auch die blassblauen Augen mit den farblosen Brauen konnten keinen Akzent setzen. Sie telefonierte mit einer lauten und dominanten Stimme, die ziemlichen Respekt einflößen konnte. Währenddessen spielte sie mit ihrem Bleistift und blies ihre eingefallenen Wangen auf. Plötzlich stieß sie die Luft in einem Schwall aus, wie eine sich bedrohlich ausbreitende Druckwelle. Damit ließ sie erahnen, dass es kompliziert werden sollte.

Auf der anderen Seite des Wartebereiches stand ein großer korpulenter Mann, der aufgrund seiner Masse jede Aufmerksamkeit auf sich lenkte. Er hatte ein breites Gesicht voller Kummerfalten und schien in den besten Jahren zu sein. Seine großen flächigen Hände legte er geschickt über seinen rundlichen Bauch. Dabei wirkte er trotzdem freundlich und vertrauensselig. Als er sich in einen freien Sessel setzte, stöhnte er und füllte schließlich den Sessel ganz aus.

Der Wartebereich war gut besucht und es herrschte ein ständiges Kommen und Gehen. Daneben kamen immer wieder Mitarbeiter durch, die frische OP-Wäsche, Einmalhandschuhe und Medikamente auf Rollwagen brachten. Alles wurde von der fixen und aufmerksamen Schwester Elli am Anmeldetresen gesteuert.

Ich hatte Hunger und hätte dringend einen Kaffee gebrauchen können. Mein Magen knurrte, ich fühlte mich müde und ausgelaugt. Es war ein Schock für mich gewesen, als ich meine Frau mit einer geplatzten Vene in der Dusche fand. Als ich anschließend das Bad gereinigt hatte, musste ich automatisch an den Film Psycho denken, denn der Tatort hätte nicht schlimmer aussehen können …

Ich wusste nicht, wie lange es noch dauerte, bis ich meine Frau abholen konnte. Schwester Elli sprach gerade mit einem anderen Angehörigen: „Nein, Sie müssen gar nichts machen. Sie haben sich hier angemeldet und wenn Ihre Frau abholbereit ist, bekomme ich einen Anruf aus dem OP-Bereich. Ich sage Ihnen dann Bescheid. Das dauert noch. Setzen Sie sich erstmal in den Wartebereich.“

Der ältere Herr murmelte etwas Unverständliches und setzte sich unzufrieden in einen der Sessel.

Das Telefon klingelte und Schwester Elli hob ab. Dabei neigte sie den Kopf und lächelte unerwartet. „So!“, sagte sie mit konzentriertem Interesse und griff mit ihrer dünnen knochigen Hand zum Bleistift. Sie machte blitzschnell einige Einträge auf einem Formular.

„Okay, dann schickt sie mal her“, befahl sie dann und legte den Hörer wieder auf. Sie drehte sich abrupt um und fixierte dabei den korpulenten Mann im Wartebereich. Mit flinken Schritten kam sie hinter ihrem Tresen hervor und steuerte zielsicher auf ihn zu. Mit unauffälliger Überlegenheit blickte sie den Mann direkt und kühn an.

„Ihre Frau hat alles gut überstanden und kommt gleich aus dem Aufwachraum. Allerdings hat es eine Nachblutung gegeben und deshalb hat Dr. Sullimann angeordnet, dass sie noch eine halbe Stunde im Krankenhaus spazieren gehen sollen. Dann stellen sie sich noch mal bei Dr. Sullimann in der Ambulanz vor, bevor sie nach Hause gehen können.“

Der Mann beeilte sich, zu sagen, dass er aber auf seine Tochter warten würde, doch Schwester Elli ließ sich nicht beirren. Sie ging unbeeindruckt darüber hinweg und antwortete ein Taschentuch wegsteckend: „Ja, die muss jetzt erst mal warten. Ihre Frau hat ja nun Vorrang. Also: Halten Sie sich bitte daran, dass Sie erst nach Hause gehen, wenn Dr. Sullimann Ihre Frau noch mal gesehen hat und das Okay dafür gegeben hat. Sie können ja auf dem Gelände ganz gut laufen und dann gehen Sie direkt in die Ambulanz im Erdgeschoss.“

Der Mann sprach kein Wort mehr. Er saß einfach nur da und hörte zu. Er wusste offensichtlich nicht, wie er sich ausdrücken sollte. Er fixierte Schwester Elli mit einem seltsamen Blick – einer Mischung aus Verärgerung und Verzweiflung. Dabei breitete sich eine flammende Röte in seinem Gesicht aus und seine Nasenflügel begannen zu vibrieren. Er erhob sich steifbeinig und stopfte seine Hände verkrampft in seine Hosentaschen.

„Aber meine Tochter … Ich meine, zur Not gehe ich auch mit Frau Fischer spazieren, wenn es der Sache hilft", antwortete er und dabei waren seine Augen weit aufgerissen. Seine Lippen bewegten sich weiter und er wiederholte offensichtlich alles tonlos.

Schwester Ellis Pieper hatte sich an ihrer Tracht verschoben. Während sie dem Mann antwortete, zog sie ruckweise daran: „Herr Fischer, nun verstehen Sie doch: Jetzt kommt erst mal Ihre Frau an die Reihe."

In diesem Moment platzte offensichtlich der Gordische Knoten. Es passierten mehrere Dinge gleichzeitig. Die Türklinke der Aufwachstation bewegte sich und meine Frau trat mit einer Schwester in den Wartebereich.

Parallel ging ich zu Schwester Elli und dem älteren Herrn, der einem Nervenzusammenbruch nahe war.

„Entschuldigen Sie. Hatten Sie gerade von Frau Fischer gesprochen? Das ist, glaube ich, meine Frau", sagte ich und betrachtete Schwester Elli mit einem triumphierenden Lächeln.

„Ach, Sie sind Herr Fischer", platzte es dann aus ihr heraus, dabei schüttelte sie den Kopf und sah tatsächlich sehr verlegen aus.

„Oh, entschuldigen Sie. Das war mein Fehler. Ach, dann sind Sie Herr Blümel und warten auf Ihre Tochter", sagte sie dann mit einem Hauch von Betroffenheit in ihrer Stimme.

Herr Blümel schien sichtlich erleichtert und nickte erschöpft. Dabei sank er in seinen Sessel zurück.

Schwester Elli wollte gerade erneut ihre Instruktionen erteilen, als ich belustigt abwinkte. „Ich habe es schon gehört. Wir müssen erst eine halbe Stunde spazieren gehen … Wird gemacht, Schwester Elli …"

Herr Blümel ließ noch einen langen seufzenden Atemzug hören. Schwester Elli dagegen wünschte ihm noch alles Gute und ging dann wieder ihrer Beschäftigung hinter dem Tresen nach.

Meine Frau schien mir noch sehr benommen, als sie sich bei mir einhakte und wunderte sich im Vorbeigehen darüber, warum ein älterer Herr sie so freundlich grüßte.

DAS TAPEZIERTE PAUSENBROT

„Fröhliche Menschen tragen ein Sixpack im Gesicht."

Na, da hast du uns aber eine Aufgabe gegeben", stöhnte Hermann und stemmte seine fleischigen Hände in die runden Hüften.

Valery betrachtete ihren langjährigen Freund und seinen Bruder Joachim mit Sorge.

„Tja, die Tapeten haben wir weitestgehend entfernt. Aber alles andere kriegen wir nicht hin ohne Hilfe", antwortete sie kleinlaut und in ihrem Gesicht breiteten sich hektische rote Flecken aus.

„Schon 'ne Hausnummer, das muss ich auch sagen", kicherte Joachim, der im Gegensatz zu seinem Bruder stets mit guter Laune gesegnet war.

„Aber lass mal! Das wäre ja das Erste, was wir nicht hinkriegen würden." Hermann knöpfte sich seine Jacke zu und ging zur Haustür. Es war schon spät geworden und Valery hatte das dringende Bedürfnis, zu schlafen. Seit morgens um sieben Uhr war sie auf den Beinen und ihr Akku war eindeutig leer.

„Also, Valery, morgen geht's los. Schlaf gut!"

Die beiden Männer verabschiedeten sich und Valery ging kurze Zeit später in ihr gemütliches Bett, das unter der Dachschräge stand. Sie zog sich ihre kuschelige

Decke bis zum Kinn hoch und schloss die Augen. Einen Augenblick später fiel sie in einen tiefen Erschöpfungsschlaf.

Augenblicklich sah sich Valery in einem stockdunklen Raum. Sie konnte die Wände nur ertasten und ihr Atem stockte. Was ging hier vor sich? Angst überfiel sie und sie wollte dringend das Licht anschalten. Aber so oft sie auch versuchte, den Schalter zu betätigen, es gelang ihr nicht. Langsam tastete sie sich vor und erreichte die Treppe, die zum Untergeschoss führte. Sie sah sich in einem weißen wallenden Nachtgewand und ihr Haar fiel locker auf die Schultern.

Valery klammerte sich am Treppengeländer fest und horchte in die Stille. Da war ein Geräusch! Ein eigentümliches Kratzen war zu hören, als ob jemand ein Stück Holz bearbeiten würde.

„Wer ist da?", rief sie voller Entsetzen und ihre Augen versuchten, die Dunkelheit zu durchdringen. Kein Lichtschimmer drang in den sonst so freundlichen Hausflur. Sie konnte so gut wie nichts erkennen. Langsam stieg sie Stufe für Stufe die Treppe hinab. Plötzlich ertönte wieder dieses Kratzen und dann ein Kichern. Die Töne kamen ihr seltsam bekannt vor.

Als Valery das Erdgeschoss erreichte, sah sie Licht im Wohnzimmer. Sie wollte es mit schnellen Schritten erreichen, aber stattdessen wurde sie immer langsamer. Sie schlich förmlich über den Flur.

Sie hörte schlurfende Schritte und wieder dieses Kichern ... Valerys Herz schlug heftig und obwohl sie immer langsamer wurde, erreichte sie das Wohnzimmer keuchend.

Inmitten eines Chaos aus Tapetenrollen, Kleister und Umzugskartons standen ihre Freunde Joachim und Hermann. Es erschien ein seltsam grelles Licht um sie herum. Als sie Valery erblickten, lächelten sie und reichten ihr die Hände zum Gruß. Valery streckte ihre Arme aus und erschrak. Die Hände von Joachim und Hermann waren überdimensional groß. Ihre eigene Hand verschwand förmlich darin. Schnell zog sie ihre Hand wieder zurück, als sie bemerkte, dass sich das freundliche Lächeln ihrer Freunde in hässliche Fratzen verwandelte. Ihre Zähne sahen aus wie Haifischzähne und die Gesichter verloren die vertraute Ausstrahlung.

Hier stimmt etwas nicht, dachte sie und ihre Angst wuchs ins Unermessliche.

Ohne etwas zu sagen, reichte ihr Hermann ein Tapetenmuster. Es war eine scheußliche orangefarbene Tapete mit einem sehr großen floralen Muster. Valery erschauerte und wollte etwas dazu sagen, aber es gelang ihr nicht. Sie brachte keinen Ton hervor.

Unerwartet kam mitten im Wohnzimmer ein orkanartiger Wind auf. Ihre Frisur löste sich auf und ihre Haare flogen wirr um den Kopf. Ihre Freunde standen ihr gegenüber und lachten. Valery sah die hässlichen Gesichter mit den Haifischzähnen.

Sie wollte das Wohnzimmer verlassen, aber was auch immer sie versuchte, sie konnte sich nicht bewegen. Sie war ihren Freunden restlos ausgeliefert. Valery war kreidebleich, aber keiner achtete auf sie.

Wie von Geisterhand war das ganze Wohnzimmer augenblicklich mit der hässlichen Blümchentapete tapeziert. Das blanke Entsetzen stand in ihren Augen, während ihre Freunde sie immer noch lächelnd betrachteten. Von einer Sekunde auf die andere sprang der sonst so sonnige Joachim wie ein Verrückter im Raum herum und schien etwas zu suchen. Mit fahrigen Fingern kramte er in allen Kartons und Schubladen herum. Dann blickte er merkwürdig auf und seine Augen schienen Valery zu durchbohren.

„Wo ist mein Pausenbrot?", rief er mit einer unnatürlich metallischen Stimme, die Valery das Blut in den Adern gefrieren ließ.

Gemeinsam durchsuchten sie alle Winkel, um Joachims Pausenbrot zu finden. Valery war unwohl. Das Pausenbrot war nicht da. Als sie aufblickte, starrten sie zwei Gesichter des Grauens an, die ihre Sinne lähmten.

Sie wirkte verloren und hilflos. Die Müdigkeit hatte tiefe Linien in ihr Gesicht gezeichnet. Doch plötzlich sah sie eine Delle an einer frisch tapezierten Wand. Ihr kam eine Idee. Langsam schwebte sie auf die Wand zu und ertastete etwas Weiches … das Pausenbrot!

Als sie völlig verschwitzt in einem durchwühlten Bett erwachte, schien die Sonne in ihr Schlafzimmer. Nichts erinnerte mehr an dieses Horrorszenario. Es dauerte eine Weile, bis Valery begriff, dass alles nur ein Traum gewesen war!

HAUPTSACHE MIT MAUSWOLL GEWASCHEN

„Das Rad des Schicksals ist der große Bruder vom unverhofften Augenblick."

Erwartungsvoll schloss ich die Haustür auf und freute mich auf ein langes Wochenende zu Hause. Wieder hatte ich eines dieser sinnlosen Seminare abgeschlossen und trat beladen mit Koffer und einer großen Tüte voller Aktenordner in den mir vertrauten Hausflur. Mein Mann Michael war glücklicherweise schon daheim und kam mir freudig strahlend entgegen. Zeitgleich stieg mir ein angenehmer Kaffeeduft in die Nase.

Ich lächelte dankbar und nach einer innigen Begrüßung legte ich meine dicke Jacke an der Garderobe ab. Zunächst wollte ich diese lästigen Ordner loswerden, doch bei diesem Gedanken keimte hinterlistig so etwas wie ein schlechtes Gewissen in mir auf.

Konnte man etwa von mir erwarten, dass sich der Inhalt dieser dicken Ordner schon in meinem Hirn manifestiert hatte? War es die Pflicht eines Beamten, wie ein wandelndes Lexikon durch die Gegend zu laufen?

Kopfschüttelnd ergriff ich die Tüte, stieg die Treppen zu unserem Arbeitszimmer hinauf und holte die sperrigen Ordner mit einem gewissen Widerwillen heraus. Als ich einen davon in den Händen hielt, streichelte ich gedankenverloren den Ordnerrücken und fand eine zufriedenstellende Antwort für mich selbst: Nein, man muss einfach nur wissen, wo es steht, wenn man etwas nicht weiß. Ich lächelte zufrieden und war im Nu wieder mit mir selbst im Reinen. Während ich die Ordner zu einem Dutzend anderer ins Regal stellte, die sich im Laufe der Jahre dort angesammelt hatten, kam ich zu einer weiteren wichtigen Erkenntnis. Alles war angeblich ungeheuer wichtig zu wissen, aber merkwürdigerweise kam ich auch ohne diese unsäglichen Papierberge bestens im Job zurecht.

Ich lächelte schadenfroh, holte tief Luft und beschloss, dieses Thema damit bewenden zu lassen. Eine schöne Tasse Kaffee mit meinem Mann zu trinken, schien mir die weitaus angenehmere Beschäftigung zu sein.

Während ich die Treppe wieder hinabging, zwitscherte ich selbstzufrieden die „Bittersweet Symphonie" vor mich hin. Einem Impuls folgend ging ich noch einmal in den Hauswirtschaftsraum. Gähnend betrachtete ich die dreckigen Wischmopps vor der Waschmaschine, die mir meine Putzhilfe nach der Reinigung immer dort hinlegt. Ich ergriff sie schnell und warf sie noch in die Waschmaschine. Als ich ein entsprechendes Programm einstellte, nahm ich einen merkwürdig muffigen Geruch war, der mir fast die Tränen in die Augen trieb. Die hartnäckige Präsenz dieses unangenehmen Gestankes erklärte ich mir schließlich damit, dass die Wischmopps schon seit dem Vormittag dort lagen. Das hatte mein Mann Michael offensichtlich übersehen.

Zufrieden setzte ich mich dann zu meinem Mann in unser Wohnzimmer, trank mit Andacht meinen Kaffee und lauschte den Geschehnissen der letzten zwei Tage.

Michael berichtete alles sehr detailgenau, sodass ich anschließend das Gefühl hatte, bei seinen Aktivitäten dabei gewesen zu sein. Ich hörte ihm gerne zu, weil er seine Erlebnisse sehr erfrischend und mit einer gewissen Prise Humor erzählen konnte. Er war sich natürlich seines Charmes sehr bewusst und lehnte sich mit seinem breiten Kreuz entspannt in den Ledersessel zurück.

Schließlich kam auch unsere Katze Hermine auf mich zu, die bisher auf dem Kratzturm geschlummert hatte. Hermine war eine sehr temperamentvolle Katze, die viel Aufmerksamkeit benötigte. Ich würde sie auch schonungslos als Kampfschmuser bezeichnen. Denn mangelnde Beachtung wurde von ihr erbarmungslos mit Piksern in die Wade bestraft. Sie wusste sich immer in Szene zu setzen und ihre Forderungen durchzusetzen. Aber alle Katzenhalter wissen ja auch, dass sie nur das „Personal" sind.

Hermine sprang gleich auf meinen Schoß und ich streichelte ihr seidiges weißes Fell. Sie war eine typische Türkisch-Angorakatze mit halblangem Haar und buschigem Schweif. Während ich Michael zuhörte und Hermine ihre Streicheleinheiten genoss und schnurrte, hörte ich mit halbem Ohr, dass sich das Waschmaschinenprogramm dem Ende näherte. Der vibrierende, dröhnende Schleudergang war schon in vollem Gange und erinnerte mich an meine Pflichten.

Nachdem ich meinen Kaffee ausgetrunken hatte und Hermine mir mit ihrem Mauzen klar machte, dass sie nun in den Garten gehen wollte, erhob ich mich von meinem kuscheligen Sofaplatz und öffnete ihr die Terrassentür.

Ich sammelte schnell noch das Kaffeegeschirr ein, das mein Mann freundlicherweise für uns eingedeckt hatte, und brachte es in die Küche zurück. Dann ging ich erschöpft in den Hauswirtschaftsraum, um die Wischmopps wieder aus der Waschmaschine zu holen.

Ich drückte routiniert auf den gelben Türöffner, das Bullauge klickte und sprang auf. Wie schon so oft, griff ich in die Trommel der Waschmaschine und wollte die Wischmopps herausholen. Aber was ich in der Hand hielt, war etwas merkwürdig Weiches – etwas Undefinierbares. Ich holte statt der Wischmopps etwas Dunkles, Kleines mit schäumendem Fell heraus und ließ es spontan wieder fallen und schrie.

Ich schrie so furchtbar, als wäre Meckie Messer mit einem blutigen Hackebeil hinter mir her. Wie lange dieser entsetzliche Zustand des Ekels bei mir andauerte, kann ich im Nachgang nicht mehr sagen. Aber als ich wieder zu mir kam, sah ich eine tote, gewaschene Maus vor mir liegen, die mit verdrehten Augen und struppigem Fell einfach widerlich aussah. Hinter mir standen mein Mann und Hermine.

„Kann mir irgendjemand in diesem Haushalt erklären, wie die Maus in die Waschmaschine gekommen ist?", fragte ich wutbebend und der bohrende Ausdruck meiner Augen schien Michael sehr nervös zu machen.

Michael presste die Lippen aufeinander und sein Gesichtsausdruck verriet mir, dass er mir etwas verschwieg. Ich war nur noch ein Nervenbündel und fixierte ihn herausfordernd mit einem stechenden Blick.

„Ja, weißt du … Jetzt fällt es mir wieder ein“, druckste er herum. „Hermine kam letzte Nacht über den Balkon herein und ich habe mich nur gewundert, warum sie so schnell nach unten gelaufen ist. Wahrscheinlich hatte sie eine Maus dabei. Ich habe nicht darauf geachtet.“

Oh, nein, dachte ich mir und griff mir unbewusst an den Hals.

Michael schluckte verunsichert, sein Gesicht war maskenhaft starr.

„Dann entsorg die Maus bitte schnell“, fuhr ich ihn an und in diesem Augenblick blieb mein Blick an unserer Katze Hermine haften, die sich triumphierend in Pose setzte und mit einem eindeutigen Grinsegesicht das Spektakel genoss.

HALLO CHRISTIAN ... ODER DIE FÜNF TECHNIKEN DER OPTIMALEN GESPRÄCHSFÜHRUNG

„Katzen sind Anmut, Intelligenz und Überlebenstraining in Union. Sie sind der Spiegel der Perfektion."

Kompetente Gesprächsführung in fünf Phasen. So soll es idealerweise sein. Lassen Sie sich inspirieren durch Klara Wellinghaus. Sie ist ein absolutes Kommunikationstalent und kann ihren Gesprächspartner im Handumdrehen um den Finger wickeln.

Sie wird Ihnen mit ihrer unnachahmlichen Art am folgenden Beispiel zeigen, wie man ein Gespräch garantiert produktiv gestalten kann. Es ist am Ende nur die Frage, wer von dem Gespräch profitiert und was Klara unter Professionalität versteht.

Phase 1:
Ein produktives Gespräch sollte gut vorbereitet sein. Die ganze Aufmerksamkeit sollte dem Gesprächspartner gewidmet und der Verlauf angenehm und entspannt sein.

Klara Wellinghaus schloss hastig die Wohnungstür auf und warf ihre Einkaufstasche wütend auf den Garderobenstuhl. Sie kochte vor Wut und zog sich eilig den Mantel aus. Zum Aufhängen des Mantels war jetzt keine Zeit, dachte sie sich und griff energisch zum Telefon, das auf ihrer kleinen Kommode im Flur stand. Mit flinken Fingern tippte sie eine ihr wohlbekannte Nummer ein und wartete auf das Freizeichen. Sie hörte ihren eigenen Atem, der sich anhörte wie ein Schnellkochtopf, der seinen Überdruck durch ein Sicherheitsventil abzubauen versuchte. Kurze Zeit später meldete sich eine freundliche Männerstimme am anderen Ende der Leitung:

„Ja?"

„Ach, Christian! Gut, dass du da bist. Ich muss dir unbedingt etwas erzählen. Hör zu", sagte Klara in einem Redeschwall, der einzig dazu diente, sie zu entlasten.

„Aber ..."

„Ach, Christian! Sei doch mal still! Heute sprechen wir mal Tacheles. Ich bin es nämlich endgültig leid mit diesen Menschen, die am Ende unserer Straße wohnen."

„Ja, aber da ist etwas falsch!"

„Nein, Christian! Da ist gar nichts falsch. Ich sehe das schon ganz richtig. Du musst mir nur zuhören ..."

Phase 2:
Diese Phase dient zur Erforschung der Situation. Hier sollen Beziehungen und Rollen des Gesprächs klar definiert werden. Probleme, Gefühle und erste Lösungsansätze sollen angesprochen und die Reaktion des Zuhörers abgewartet werden. Zur Problemerfassung können auch Nachfragetechniken angewandt werden.

Der Mann am anderen Ende der Telefonleitung räusperte sich und schluckte schwer. Klara ließ sich davon nicht beeindrucken und redete ungezwungen weiter wie ein Wasserfall: „Siehst du, Christian?! Das war ja auch immer schon dein Problem. Du hörst einfach nicht richtig zu. Weißt du noch, letztes Jahr am Gardasee? Da habe ich dir gesagt ‚Wir treffen uns nachher an der Rezeption'. Was hast du gemacht? Du brachtest mir ein Lexikon aufs Zimmer."

In diesem Augenblick meldete sich wieder die Männerstimme. Diesmal schwang sehr deutlich eine gewisse Verzweiflung mit: „Also Karla, ich kann jetzt wirklich nichts dazu sagen, ähm."

„Christian, was soll das denn bedeuten? Du bist aber heute wirklich durcheinander und vergesslich! Aber nun zurück zu meinem Problem mit den Nachbarn …"

Phase 3:
In dieser Phase geht es darum, endgültige Lösungen zu finden. Dafür kann man sein Gegenüber loben, aber auch mit unangenehmen Fragen konfrontieren. Es sollen neue Sichtweisen eröffnet und mit diplomatischem Geschick Konflikte ausgeräumt werden.

„Jetzt stell dir doch mal vor, was ich vorhin erlebt habe", unkte Klara und zog sich nebenbei die Schuhe aus.

„Diese widerliche Nachbarin kommt hier herüber und beschimpft mich. Ich hätte ihr die gelben Säcke vor die Tür gelegt. Ja, natürlich habe ich das. Aber das war reine Notwehr. Sie lagen schon seit Tagen auf der Straße und werden erst in zwei Wochen abgeholt. Soll ich mir den herumfliegenden Müll noch weiter mit ansehen? Ich sage dir, Christian, das mache ich nicht mehr länger mit."

„Klara, nun musst du mir mal zuhören", kam nun Christian endlich zu Wort. „Ich kenne deine Nachbarin gar nicht und eigentlich interessiert mich das auch nicht. Jetzt …"

„Aber Christian", platzte Klara energisch dazwischen, „so kenne ich dich ja gar nicht. Seit wann interessieren dich denn meine Probleme nicht mehr? Ich bin ja entsetzt. Nun mach aber mal einen Punkt."

Phase 4:
In der Beschlussphase geht es um erste Ergebnisse des Gespräches. Zusammenfassungen, ggf. Entscheidungen werden formuliert und Konsequenzen bzw. weitere Vorgehensweisen aufgezeigt. Diese Phase ist notwendig, um mögliche versteckte Missverständnisse aufzudecken und den einheitlichen Informationsstand zu klären. Dabei soll das Gespräch zum Ende gebracht werden.

Klara öffnete und schloss ihre riesige Einkaufstasche. Dabei suchte sie nach Worten in ziemlich genau der gleichen Weise, wie sie nach dem Inhalt in ihrer Tasche suchte.

„Wenn man mal was sucht. Ich hatte es doch vorhin noch in der Hand!"

„Ja, das liegt auf der Hand. Das kann man wohl sagen. Es ist eindeutig falsch!"

„Aber Christian!" Klara war außer sich und ihr Gesicht verzog sich zu einer erstaunten Grimasse.

„Falsch? Wie kannst du das sagen?"

Klara warf den Kopf zurück und ließ dabei ihre Einkaufstasche fallen. Dabei ergoss sich der Großteil ihres Inhalts vor ihren Füßen.

„Nein", antwortete der Mann am anderen Ende der Leitung und hemmte den Redefluss von Klara. „Es ist eben eine Verwechslung."

Inzwischen ballte Klara ihre Fäuste und wurde feuerrot.

„Was meinst du damit?", fragte sie scharf.

„Sie hat mich mit einer anderen Nachbarin verwechselt?"

Mit erstaunlicher Beherrschung sprach der Mann kein Wort, bevor er sich wieder in der Gewalt hatte.

Phase 5:
Die letzte Phase ist die Abschlussphase. Sie dient dazu, einen positiven Ausklang und Abschluss des Gespräches zu finden. Sie stimmt gleichzeitig auf die nächsten Gespräche ein. Hierbei spielen die Stimme, die Sprechgeschwindigkeit und auch eingelegte Pausen eine besondere Rolle, denn sie haben eine bestimmte Wirkung auf den Zuhörer. Das Interesse des Zuhörers am Gesprächsende kann auch durch Rückmeldungen gezeigt werden.

Klara hatte ihre Hände auf ihre schmerzenden Knie gelegt. Ihre Haare standen struppig vom Kopf ab. In ihrem Flur sah es aus, als hätte eine Bombe eingeschlagen. Sie schnappte hörbar nach Luft und spürte, dass die Zornesröte ihr bis in ihre Haarwurzeln stieg.

Mit festem Tonfall, als müsste er einem kleinen Kind etwas erklären, ertönte dann die Männerstimme am anderen Ende der Leitung: „Klara, ich bin gar nicht Christian!", er machte eine kurze Pause, bevor er weitersprach: „Du hast dich verwählt."

„Das, das … ist eine Unverschämtheit … das ist …“

Bevor Klara weitersprechen konnte, klickte es in der Leitung und ein Freizeichen ertönte. Sie wusste nicht, wie lange sie noch regungslos dort saß und den Hörer in der Hand hielt. Dabei wiederholte sie ständig den einen Satz: „Klara, ich bin gar nicht Christian!“

BELLO MUSS ABGEHOLT WERDEN

„Ein mieser Charakter verfolgt den Inhaber ein Leben lang"

Johanna Pitete strich mit ihren Händen gedankenverloren über die neue Ledergarnitur. Der Dreisitzer mit dem griffigen Nappa-Rindsleder im Vintage-Stil wurde gerade von der Möbelfirma geliefert und der Geruch des Leders erfüllte das große herrschaftliche Wohnzimmer. In dem dazugehörigen Ohrensessel hatte schon ihr Ehemann Theodor Platz genommen. Er war eine kernige, kräftige Erscheinung mit rotblonden schütteren Haaren. Entspannt lehnte er sich zurück. Dabei bewunderte er die aufwendige Steppung und die massiven Holzfüße des Sessels.

„Ja, Hanni, das ist Qualität, nicht wahr?", dabei klopfte er mit seiner kräftigen bäuerlichen Hand auf die Armlehne.

„Es ist ein Traum. Das Leder ist so weich und angenehm und dann dieser wunderbare Cognacton", schwärmte Johanna und lächelte zufrieden.

In ihrem aristokratisch schönen Gesicht mit den feinen Zügen verfärbten sich die Nasenflügel bei emotionaler Anspannung stets rosa. Heute war wieder so ein Tag. Die ganze Woche hatte sie schon unter Hochspannung gestanden und ungeduldig den Liefertermin erwartet.

Sie trug ein mintgrünes Designerkostüm mit passenden Pumps, in denen ihre schlanken Beine gut zur Geltung kamen. „Shop the look“, hieß es immer bei ihrem Lieblingsdesigner. Das ließ sie sich natürlich nicht zweimal sagen. Ihre glänzenden, schwarzen Haare hatte sie sich geschickt zu einem Knoten gebunden.

Mit vollendeter Grazie goss sie sich und Theodor eine Tasse Earl-Grey-Tee ein, setzte sich dann mit einer Zeitung auf das große Sofa und schlug die Beine geübt übereinander. In diesem Augenblick klingelte das Telefon. Johanna schreckte kurz hoch und seufzte. Widerwillig stand sie wieder auf und rauschte aus dem Raum.

Theodor verfolgte sie aus den Augenwinkeln, während er sich die Projektliste seiner Firma durchsah. Er fragte sich, wer am Samstagvormittag wohl anrief, und wandte sich dann wieder seinen Unterlagen zu.

Währenddessen ging Johanna in den Korridor auf den kleinen Biedermeiertisch zu, auf dem das antike Telefon stand. Aus dem Radio in der angrenzenden Küche klangen Oldies aus den 70er-Jahren. Sie war glücklich, weil sie so ein friedliches Leben führten. Außerdem war es ein sehr schönes Gefühl, wenn man sich sagen konnte, dass man seinen Aufgaben bestens gerecht geworden ist, dachte sie sich.

In diesem Augenblick nahm sie den Hörer ab. Er fühlte sich kalt und schwer in ihrer Hand an. Etwas unschlüssig nahm sie das Gespräch an.

„Pitete.“

„Guten Morgen, Frau Pitete“, meldete sich eine resolute Frauenstimme am anderen Ende der Leitung. „Hier ist die Hundepension Kauknochen. Es geht um Ihren Hund Bello. Seit gestern ist ja die Ferienbetreuung abgelaufen und nun wollten wir mal nachfragen, wann Sie ihn abholen können?"

Johanna Pitete hatte dafür nur ein müdes Lächeln übrig: „Oh, da haben Sie sich verwählt. Wir haben keinen Hund."

Sie wollte gerade wieder auflegen, als die Frauenstimme mit schneidender Schärfe weitersprach: „Na, das nenne ich verantwortungsvolle Tierfreunde. Den Hund in die Tierpension abschieben und dann nicht mehr abholen wollen. Nein, nein! So geht das nicht. Außerdem haben Sie die Betreuungsgebühren für drei Wochen auch noch nicht bezahlt. Da Ihr Hund nicht gerade ein Schoßhund ist, kommt da für die Futterkosten allein schon einiges zusammen. Daneben hat er auch etwas Inventar zerkleinert und durch sein ständiges Sabbern ziemliche Reinigungszusatzkosten verursacht."

„Wie bitte, was?"

Johanna Pitete stand wie vom Donner gerührt da. Sie biss sich auf die Unterlippe und blickte hilfesuchend zu ihrem Mann. Aber Theodor Pitete war in seinen Akten versunken und zog gerade seine buschigen Augenbrauen zusammen. Das bedeutete stets, dass er hochkonzentriert an einem neuen Plan arbeitete.

„Was meinen Sie für Gebühren und was ist das für ein Hund? Vielleicht haben Sie uns mit den Nachbarn verwechselt. Die haben, glaube ich, Hunde." Johanna Pitete spürte, dass ihr die Spucke wegblieb und sich ihre

Wangen inzwischen heiß anfühlten. Was ist das doch für ein unschönes Gespräch, dachte sie sich.

„Also nun noch mal zum Mitschreiben", meldete sich die zänkische Frauenstimme wieder, „es handelt sich um Ihren Hund Bello, eine ausgewachsene Deutsche Dogge mit einem Kampfgewicht von 85 Kilo. Er hat einen ziemlichen Bewegungsdrang und er ist, entschuldigen Sie, wenn ich das so sage, nicht gerade gut erzogen. Er möchte trotz seiner Größe ständig auf dem Schoß sitzen, und das hat bei meiner Kollegin schon zu einer Verletzung am Arm geführt. Da er ein ziemliches Sabberproblem hat, muss man sich mehrmals am Tag umziehen. Na ja, und die Möbel leiden dadurch natürlich auch etwas. Aber das kennen Sie ja sicher. Er hat auch zwei unserer Stühle zerkleinert … Na ja, vielleicht hatte er ja Heimweh … Ach so und die Gebühren, ja, die belaufen sich inzwischen auf 3.000 Euro."

Johanna Pitete schrie kurz auf. Sie konnte sich wirklich nichts Schlimmeres vorstellen. Ein sabbernder Riesenhund auf ihrer neuen Sofagarnitur … Ein Albtraum …

„Hören Sie", versuchte Johanna Pitete einzulenken, „das muss eine Verwechslung sein. Wir haben nie einen Hund besessen und mein Name ist Johanna Pitete. Wir wohnen im Petersilienweg 1. Da müssen Sie doch schon erkennen können, dass Sie eigentlich jemand anderes anrufen wollten."

Sie setzte sich auf den kleinen Stuhl neben dem Telefontisch und wirkte augenblicklich sehr müde. Das Leben ist eine Aneinanderreihung kleiner Dramen, dachte sie sich, und wenn sich manche Menschen als blind erwiesen, musste man eben für zwei denken.

Doch die Frau am anderen Ende der Leitung ließ sich davon nicht beirren und sprach ziemlich hastig weiter: „Frau Pitete, ich weiß, wo Sie wohnen und wie Sie heißen. Sie haben ja schließlich das Formular für Bello ausgefüllt. Also, wann kommen Sie nun und holen Bello ab? Er freut sich bestimmt sehr, wenn Sie kommen. Vergessen Sie auch nicht, Ihre Kreditkarte mitzubringen. Übrigens: Sollten Sie nicht kommen, um Bello abzuholen, werden wir ihn bei Ihnen vorbeibringen!“

Johanna Pitete war sprachlos vor Entsetzen. Die Frau war wahrhaftig keine freundliche Person. Was für ein merkwürdig verwirrender Vorfall …

In diesem Moment stand Theodor neben ihr und blickte sie prüfend an. Dabei offenbarten sich die vielen kleinen Fältchen um seine Augenwinkel, die wie ein Netzwerk aussahen.

„Was ist denn los?“, fragte er verwirrt.

„Theo, wir sollen eine 85 Kilo schwere Dogge abholen und 3.000 Euro für eine Tierpension bezahlen“, antwortete Johanna den Tränen nahe.

Da ergriff Theodor beherzt den Hörer und sagte mit seiner tiefen respekteinflößenden Stimme: „Wenn Sie nicht sofort mit dem Unfug aufhören, werde ich die Polizei einschalten. Die gleiche Nummer haben Sie doch gestern schon mit unseren Nachbarn abgezogen. Jetzt haben Sie doch sicher genug gelacht. Das ist wohl heutzutage die moderne Form des Klingelstreichs, oder?“

Theodor Pitetes Mund verzog sich zu einem hämischen Grinsen. Unverzüglich entschuldigte sich die Frau am anderen Ende der Leitung und legte schnell auf.

Johanna Pitete saß wie ein Trauerkloß auf ihrem Stuhl. Dabei blickte sie ihren Mann mit tränenschwimmenden Augen an. Aber als Theodor den Hörer auflegte und sie in den Arm nahm, merkte sie, wie sich die Röte auf ihren Wangen langsam wieder verflüchtigte. Sie wollte nicht mehr an diesen schlechten Scherz denken, doch dieser imaginäre Riesenhund hatte sich schon in ihrem Kopf festgesetzt.

Tja, eine kultivierte Frau kann sich eben schwerlich mit so einer Ausnahmesituation anfreunden, dachte sie sich. Schließlich stand sie wieder auf und ging zurück ins Wohnzimmer. Sie lächelte zufrieden, als ihr Blick auf die neue Ledergarnitur fiel, auf der kein sabbernder Riesenhund saß.

PIZZA MARGHERITA QUATTRO STAGIONI

„Fehler zugeben, ist die eine Sache,
sich schuldig fühlen, die andere!"

Ronny war soeben mit seiner Frau Minni und seinem Sohn Phil in Neapel angekommen und freute sich auf einen schönen Urlaub.

Phil, ein achtjähriges quirliges Energiebündel, hüpfte aufgeregt auf und ab.

„Sind wir jetzt endlich da?", fragte er und blickte erwartungsvoll auf das Hotel.

„Ja, du hast es geschafft. Jetzt können wir gleich in unser Zimmer", sagte Minni und ging mit ihrem typisch latschigen Gang zielstrebig auf die Rezeption zu. Während sie auf den Padrone wartete, bewunderte sie die historische Eleganz des ehemaligen Mönchsklosters. Inzwischen wurde es zu einem wunderschönen Hotel umgebaut und befand sich einseitig in einer Höhle des Berges St. Martino in Neapel.

„Buon giorno, Signora. Ah, da ist ja auch der Rest der famiglia … Hatten Sie eine gute Anreise?", ertönte überraschend eine tiefe Männerstimme hinter dem Anmeldetresen.

„Oh ja. Es war nur eine ziemlich lange Reise. Vor allem für unseren ungeduldigen Sohn", antwortete Minni lächelnd.

Der Padrone nickte verständnisvoll und griff gleich hinter sich nach dem Zimmerschlüssel.

„Ich habe ‚la stanza Padre Franceso' für Sie reserviert. Da haben Sie genug Platz und eine extra Nische für den figlio …"

„Danke sehr, das ist sehr freundlich."

Minni erledigte die Formalitäten und kurze Zeit später betraten sie bereits das große Zimmer.

Die ehemalige Mönchszelle war inzwischen ein sehr komfortables Zimmer geworden. Im Hotel gab es sogar eine historische Kapelle und einige schummrige Gänge durch die integrierte Berghöhle. Darüber freute sich Phil ganz besonders und es blieb Ronny nach der Anreise nichts anderes übrig, als diese Gänge sofort mit ihm zu erkunden.

Am nächsten sonnigen Morgen öffnete Minnis Mann Ronny erwartungsvoll die Fensterläden und blickte aus dem Fenster des Hotelzimmers. Er war froh, sich von dem großen Wandgemälde abwenden zu können, denn Mönch Francesco betrachtete ihn offensichtlich etwas argwöhnisch. Ronny wurde mit einem wunderbaren Panoramablick auf den Golf von Neapel belohnt. Das hob seine Laune beträchtlich und versprach einen schönen Tag. Aber wie das so ist, kann so ein Glücksgefühl am Morgen auf Komplikationen am Abend hindeuten …

„Schaut mal! Ist das nicht ein Traum? Dort hinten kann man sogar den Vesuv sehen", rief Ronny und schnappte sich gleich sein Handy und machte einige Fotos.

„Ist das auch ein Mönch?", fragte Phil neugierig und erntete schallendes Gelächter.

„Aber nein, Phil. Das habe ich dir doch im Zug erklärt. Das ist einer der bekanntesten Vulkane der Welt. Er ist immer noch aktiv. Er hat Pompeji verschüttet. Die Ausgrabungen wollen wir uns auch mal anschauen …“

Ronny zwinkerte Phil zu und blickte dabei in ein rosiges Gesicht mit blauen Augen.

„Lass und zunächst nach dem Frühstück das Centro Storico besichtigen“, schlug Minni vor und stemmte ihre kräftigen Arme in die Hüften.

„Ja, wir holen uns ein Tagesticket und können dann alle Verkehrsmittel in der Stadt benutzen. Am besten fahren wir mit der Funicolare um die Ecke. Das ist zwar eine Seilbahn, die fährt aber wie eine U-Bahn unter der Stadt.“

Minni bewunderte es immer wieder, wie perfekt ihr Mann den Urlaub plante. Er hatte alles schon im Voraus herausgesucht. Vor Ort brauchte man ihm nur noch folgen. Das empfand sie als sehr angenehm.

Die Funicolare befand sich nur wenige Meter vom Hotel entfernt. Sie verband den Stadtkern mit weiteren Sehenswürdigkeiten Montesantos. Mit einem so lebhaften Kind wie Phil war das sehr von Vorteil. Außerdem war Minni derzeit nicht sehr gut zu Fuß, was die Situation deutlich verschärfte.

Der erste Urlaubstag zeigte sich von seiner besten Seite. Der Himmel erstrahlte im schönsten Azurblau und ließ die Innenstadt Neapels mit ihren engen Gassen aus Lavagestein leuchten und zu einem interessanten Erlebnis werden. Die fröhlichen Menschen, Straßenmusik und grandiose Sehenswürdigkeiten ließen sie selbst zu Italienern werden. Sie waren begeistert und auch Phil kam mit den vielen kleinen Souvenirgeschäften auf seine Kosten. Schließlich verbrachten sie den Nachmittag noch im Park von Capodimonte, sodass Phil sich auf einem riesigen Spielplatz austoben konnte, während sich die Eltern ausruhten.

Trotz vieler kleiner Pausen schmerzten langsam ihre Füße und auch der knurrende Magen machte sich besonders bei Minni bemerkbar. Es war deutlich zu merken, wenn sich ihre Laune genauso senkte wie ihre Augenbrauen. Sie waren stets so etwas wie ein Stimmungsbarometer.

Schließlich kehrten alle in die älteste Pizzeria Neapels ein und freuten sich auf ein üppiges Abendessen.

„Na ja, die Stühle könnten schon etwas bequemer sein", stöhnte Minni, während sie sich setzte.

Ronny ahnte, dass sich ihr Zuckerspiegel wohl auf dem Tiefststand befand.

„Wir wollen hier ja nur essen und nicht übernachten", lenkte er ein, aber wohl ohne großen Erfolg.

„Mach keine Witze, so etwas nehme ich noch nicht einmal als Gartenstuhl", zischte Minni leise und sah Ronny dabei ärgerlich an.

Er gab einen missbilligenden Seufzer von sich. Nur an Phil ging der Unmut vorbei. Er hatte sich schon eine Speisekarte geschnappt und versuchte, sie zu lesen.

Die Pizzeria wirkte mit den dunklen Tuffsteinwänden sehr düster. Die vertäfelte Decke wurde von schweren Balken getragen. Neben den Nischen ragten große Säulen hervor, deren Kapitelle reich verziert waren.

Ein junger Kellner kam an den Tisch und fragte gehetzt: „Margherita?"

Dabei blitzten seine dunklen Augen etwas auf.

„Äh, ja", antwortete Ronny verdutzt, „tatsächlich möchten wir eine Pizza Margherita, Spaghetti Bolognese und Lasagne. Dazu eine Flasche Wasser, eine Flasche Lambrusco und eine Orangenlimonade."

„Si", kam da nur kurz zurück und Minni dachte sich im Stillen, dass der attraktive Kopf von außen besser ausgestattet zu sein schien als von innen.

Kurze Zeit später wurde bereits das Essen serviert und alle genossen es mit allen Sinnen. Wenn auch der Belag der Pizza etwas mager war, so war der Rotwein umso ergiebiger. So langte Minni beim Lambrusco kräftig zu, was zunächst dazu führte, dass sich die Farbe ihrer Wangen deutlich änderte und auch in ihren Augen etwas Listiges zu sehen war. Schließlich bestellten sich alle noch Tiramisu, nur Minni genoss anschießend noch einen Espresso und zwei Grappa.

Schließlich legte sie das Besteck zur Seite und begann, sich intensiv den Mund abzuwischen, bis sich rote Flecken an den Mundwinkeln zeigten. Zum Schluss schob sie den Stuhl mit einem Seufzer der Erleichterung zurück und blickte Ronny mit halb geschlossenen Lidern an.

„Wir müssen ja noch ins Hotel zurück, ich bin schon so müde."

Phil kicherte und sagte: „Mama hat einen Schwips, Papa."

„Na, na, so schlimm ist es ja auch nicht. Aber sie hat schon ganz ordentlich zugelangt", antwortete er und betrachtete sie belustigt.

Langsam standen sie auf und Minni zog umständlich ihre Jacke vom Haken der Garderobe. Nachdem sie die Rechnung bezahlt hatten und die Tür der Pizzeria hinter sich schlossen, spürte Minni die frische Nachtluft, die in ihre Lungen drang. Sie fühlte sich frei und fast schwerelos.

Es war schon spät geworden und stockdunkel. In der Zwischenzeit hatte es offensichtlich stark geregnet. Das Wasser bahnte sich zwischen den Pflastersteinen seinen Weg den Berg hinunter und machte den Rückweg sehr schlüpfrig. Minni musste sehr mit sich kämpfen. Nicht nur die nassen Steine, auch der Rotwein machten sich offensichtlich an ihren Füßen zu schaffen. Trotzdem war sie voll guter Laune und alle gingen im Gänsemarsch zur nahegelegenen Haltestelle der Funicolare. Als sie das historische Bahnhofsgebäude betraten, kam ihnen ein eigenartiger Geruch entgegen, der an eine U-Bahn erinnerte. Minni hielt erschöpft inne und musste sich erst einmal setzen. Sie ließ sich schwer atmend auf eine Bank in der Wartehalle fallen. Ein Schwindelgefühl überfiel sie und der Raum schien sich wie ein Kreisel um sie zu drehen.

Ronny und Phil betrachteten sie halb belustigt und halb besorgt.

Sollte sie etwa doch betrunken sein?, fragte sich Ronny und half seiner Frau dann wieder auf die Beine, um zur Bahn zu gehen.

Minnis kräftige Beine drohten, unter ihr nachzugeben, und sie schwankte leicht, als sie auf den Treppenstufen vor dem Einstieg stand.

Die Konstruktion der Bahn war etwas gewöhnungsbedürftig, da es sich um eine Schrägbahn handelte. Minni setzte sich zwischen Ronny und Phil mit dem Rücken zum Fenster. Dabei lehnte sie sich leicht an Ronnys Schulter und gab schon kurz danach laute Schnarchgeräusche von sich. Phil kicherte und Ronny biss sich peinlich berührt auf die Unterlippe, denn Minni zog in der Bahn mittlerweile alle Aufmerksamkeit auf sich.

Na ja, dachte Ronny, die nächste Station ist ja unsere, dann können wir aussteigen.

Er versuchte immer wieder, Minni zu wecken, denn langsam waren schon die Lichter der Haltestation zu erkennen. Immer wieder drückte er auf den roten Halteknopf, doch die Anzeige funktionierte nicht.

Warum leuchtet denn der Knopf nicht?, fragte sich Ronny und fühlte die Blicke der Mitreisenden hinter seinem Rücken. Als er sich umdrehte, spürte er mit schmerzlicher Deutlichkeit, dass alle verlegen zur Seite schauten. Einige schmunzelten vor sich hin.

Plötzlich nahm er mit Schrecken wahr, dass die Bahn durchfuhr und nicht an der Haltestation stehenblieb.

„Ach Minni, nun hilf mir doch mal. Du schnarchst da vor dich hin und ich weiß nicht, was ich machen soll", schimpfte Ronny und sah, wie die Bahn an der Endstation Via Morghen hielt.

„Bleibt jetzt sitzen, wir müssen wieder zurück. Die Bahn ist durchgefahren."

Die Fahrgäste stiegen aus und die inzwischen erwachte Minni lachte laut auf.

„Was, wie kann das denn passieren?", sie konnte sich kaum beruhigen und ihr Kopf lief hochrot an.

„Ich finde das nur halb so witzig wie du", antwortete Ronny ärgerlich und las sich noch einmal den Fahrplan durch, den er immer in seiner Tasche hatte.

Wieder stiegen Fahrgäste ein und Minni thronte immer noch kichernd auf ihrem Sitz. Phil fand die Situation schließlich auch sehr lustig. Nur Ronny sah sehr verwirrt aus. Die Bahn schloss die Türen und die Fahrt ging wieder zurück in Richtung Stadtzentrum. Ronny hoffte, dass sie nun an der gewünschten Haltestelle anhalten würde. Wieder stand er am Ausstieg und drückte auf den Halteknopf. Inzwischen wunderte er sich sehr, warum sonst keiner der Fahrgäste dort aussteigen wollte.

Gleich ist es geschafft, dachte er sich. Es war ihm inzwischen sehr peinlich, mit seiner angetrunkenen Frau in der Bahn zu sein. Durch ihr ständiges Gelächter zog sie die Blicke aller Fahrgäste auf sich, denn die Bahn war nicht sehr groß. Dieses Szenario konnte also keinem entgehen.

Aber wieder zeigte der Halteknopf keine Reaktion und die Bahn fuhr wieder durch und hielt nicht an.

Er schluckte verunsichert und sein Gesicht war maskenhaft starr.

„Was soll ich bloß machen?", sprach er leise vor sich hin.

Ein älterer Herr hatte offensichtlich Mitleid mit der jungen Familie und klopfte Ronny freundschaftlich auf die Schulter.

„Scusi, questo è il treno diretto, corre solo tra le stazioni finali. Devi prendere l'altro."

„Mille grazie", antwortete Ronny erleichtert und erklärte dann Phil, was der Mann ihm gesagt hatte.

„Dies ist der Direktzug, wir müssen den anderen nehmen. Dieser Zug hält nur an den Endstationen."

Urplötzlich wurde auch Minni aktiv, öffnete ihre trüben Augen und sagte laut und deutlich mit hochrotem Kopf: „Gebt Freiheit euren Winden … Das hat die Herzogin von Orleans auch schon gesagt."

In diesem Augenblick wollte Ronny im Erdboden versinken und war froh, dass die meisten Fahrgäste nicht verstanden hatten, was Minni gesagt hatte.

Als er schließlich auf den Bahnsteig trat, sah er ein großes Schild, auf dem mit roten leuchtenden Buchstaben „Diretto" stand.

„Wer lesen kann, ist klar im Vorteil", sagte er dann leise vor sich hin und schüttelte dabei den Kopf.

Als später alle unversehrt im Hotelzimmer angekommen waren, musste er auch lachen … Selbst Mönch Francesco auf dem großen Wandgemälde schien ein Lächeln auf dem Gesicht zu haben. Diesen Tag würde Ronny sicher nicht mehr vergessen.

KLEINE UNGEHEUER

„Wenn Du flauschig bi(e)st, kann der
Humor hinterlistig sein."

Josy blickte auf die dichten Baumkronen der alten Landstraße, die mit ihren Schattenspielen etwas Mystisches an sich hatten. Das knorrige Aussehen mit den vielen Höhlungen ließ kaum einen Sonnenstrahl durchscheinen und bildete ein Dach von einem unglaublichen Grün.

Unter ihren langen Wimpern beobachtete sie ihren Vater Benno am Steuer des Wagens. Sie betrachtete seine dunklen Augenbrauen und das grau melierte Haar, das einen interessanten Kontrast bot. Seine Hände umklammerten verkrampft das Lenkrad und der starre Blick, mit dem er auf die Landstraße stierte, deutete auf seine Kurzsichtigkeit hin. Dabei knirschte er wieder mit seinen Zähnen. Davon bekam Josy immer eine Gänsehaut.

„Papa, du knirschst schon wieder", sagte sie mit spitzem Mund.

Dabei zwirbelte sie an ihren brünetten Locken.

„Ach ja, Josy. Ich weiß. Ich vergesse immer, daran zu denken."

Benno lächelte seine hübsche Tochter mit einem gewissen Stolz an. Er freute sich sehr, dass sie mit ihren sieben Jahren schon so ein cleveres Mädchen war.

Josy freute sich, dass sie wieder mit ihrem Vater zum Haarhaus fahren konnte. Dort kaufte er immer Ware für sein Friseurgeschäft ein und ließ sich über die neuesten Produkte informieren. Josys Interesse galt jedoch eher den Perücken, die sie während Bennos Verhandlungen anprobieren durfte.

Das war ein Traum für jedes kleine Mädchen. In diesem Haarhaus gab es unzählige Perücken und Haarteile in allen Farben und Längen. Glücklicherweise hatte die nette Mitarbeiterin nichts dagegen, dass Josy jedes Mal einige davon anprobierte. Sie half ihr sogar dabei und machte ihr dann tolle Frisuren. Josy hatte dann immer das Gefühl, sie wäre eine Prinzessin …

Während Josy aus dem Fenster blickte, fiel ihr Blick auf ein Verkehrsschild. Ein weißes Dreieck mit rotem Rand, auf dem etwas stand. Sie war gerade in die zweite Klasse versetzt worden und konnte schon etwas lesen. Allerdings war es noch nicht so flüssig und allzu lange Worte bereiteten ihr auch noch Schwierigkeiten.

Josy richtete sich in ihrem Sitz auf und zwirbelte wieder an ihren Haaren.

Was das wohl für Ungeheuer sind, sie hatte dieses Wort noch nie gehört oder gelesen. Sie wüsste nur zu gerne, wie sie aussehen würden und ob sie gefährlich für Menschen wären. Aber das muss es ja sein, dachte sie sich, sonst würden sie doch nicht so ein Schild aufstellen.

Und da, hinter der nächsten Kurve stand noch mal so ein Schild. Josy wurde sehr nachdenklich und fand es sehr schade, dass in der Nähe des Haarhauses so eine gefährliche Ecke zu sein schien.

Währenddessen bog ihr Vater in die Auffahrt des Haarhauses ein und wunderte sich, dass seine sonst so redselige Tochter so still auf ihrem Sitz saß.

„Josy, ist alles in Ordnung mit dir? Du freust dich doch, dass wir wieder hier sind, oder?"

Bennos Blick wanderte zu Josy herüber, die sehr ernst aussah.

„Ja, Papa, es ist alles in Ordnung. Ich versuche nur, während der Fahrt zu lesen."

„Ach so, na das klappt doch schon ganz gut. Wenn du mir manchmal deine Schularbeiten vorliest, bin ich erstaunt, wie gut du das schon kannst", antwortete er lächelnd. Trotzdem hatte er den Verdacht, dass sie ihm etwas verschwieg.

Benno war ein Mann in den besten Jahren und durchaus eine attraktive Erscheinung. Er war sich seines Charmes wohl bewusst und ging zielstrebig auf die große Glastür des Haarhauses zu. Er öffnete sie mit einem Ruck und betrat mit Josy das Foyer.

„Da sind wir wieder", verkündete er fröhlich.

Frau Schachermeyer, deren rundliche Formen ihr schon frühzeitig den Spitznamen „Kügelchen" eingebracht hatten, begrüßte sie herzlich.

„Wie schön, da freuen wir uns. Herr Pelzer wartet schon auf Sie. Gehen Sie ruhig durch", sagte sie.

„Vielen Dank. Kann ich meine Tochter wieder bei Ihnen lassen? Sie freut sich schon den ganzen Tag auf die Perücken“, antwortete Benno verlegen und sah Frau Schachermeyer fragend an.

„Aber natürlich, sehr gern. Ich bin schon gespannt, was du dir diesmal für eine Perücke aussuchst“, lächelte Frau Schachermeyer und ging mit trippelnden Schritten auf Josy zu.

„Hm“, antwortete Josy nachdenklich, „ich glaube, ich hätte heute gerne ganz lange Haare.“

Frau Schachermeyer grinste und antwortete: „Das habe ich mir doch schon gedacht, kleines Fräulein. Komm, dann wollen wir gleich mal nachsehen.“

Benno blickte den beiden hinterher und ging dann zufrieden zu Herrn Pelzer, dem Chef des Haarhauses.

Währenddessen stiegen Josy und Frau Schachermeyer den Treppenabsatz zum Lager hinauf. Unvermittelt blieb Josy am Fenster des Treppenhauses stehen und blickte hinaus auf die Landstraße.

Es beunruhigte sie die Vorstellung, dass da draußen gefährliche Tiere herumlaufen könnten. Was könnten das bloß für Tiere sein?, fragte sie sich. Vielleicht so etwas wie eine Ratte oder Mäuse? Oder waren sie vielleicht flauschig und niedlich? Aber vielleicht waren es auch ganz kleine Tiere, die man gar nicht sehen konnte und die Krankheiten übertrugen.

Diese Vorstellung machte ihr Angst. Das Blut stieg ihr in den Kopf, ihre Augen blitzten. Sie müsste Papa fragen, wenn sie nachher nach Hause fuhren, dachte sie sich und lief dann ganz schnell zu Frau Schachermeyer hinauf.

Diese hatte ihr schon herrliche Perücken herausgesucht. Eine mit langen blonden Locken und eine andere mit schwarzen dicken Haaren. Plötzlich war die schlechte Stimmung wie weggeblasen und Josy hatte einen Riesenspaß mit Frau Schachermeyer und den Perücken. Dabei hatte sie sogar die schrecklichen Ungeheuer vergessen, bis ihr Vater sie abholte.

„Josy, komm. Es ist gleich achtzehn Uhr. Frau Schachermeyer möchte sicher auch nach Hause." Ihr Vater stand am Treppenabsatz vor der Tür zum Lager und lächelte.

„Ach, das ist doch kein Problem", schmunzelte Frau Schachermeyer, „das hat uns beiden großen Spaß gemacht, nicht wahr, Josy?"

„Ja, das stimmt", sagte Josy und sah sehr zufrieden mit ihrer neuen Frisur aus. Sie ließ sich nur ungern aus ihrer Traumwelt reißen.

Als Josy später wieder neben ihrem Vater im Auto saß, war sie sehr nachdenklich. Sie wusste nicht, ob sie ihren Vater nach dem unheimlichen Wort auf den Verkehrsschildern fragen sollte. Denn eines mochte er überhaupt nicht, wenn man ihm „dumme Fragen" stellte.

Es war inzwischen dunkel geworden und der schwankende Lichtkegel des Wagens wanderte über die Landstraße.

Wer weiß, ob das überhaupt Tiere sind? Vielleicht sind sie gar nicht so gefährlich, es scheint ja auch niemand Angst davor zu haben, sagte sie sich und spürte dabei eine deutliche Erleichterung.

Glücklicherweise verflogen Josys trübe Gedanken schnell wieder, als sie mit ihrem Vater zu Hause ankam. Sie hatte ihn nie nach dem Wort gefragt.

Erst viele Jahre später wurde es Josy klar, als sie ihren Führerschein machte und ihr die vermeintlich gefährlichen Ungeheuer wieder auf dem Verkehrsschild begegneten. Jetzt hatte sie endlich verstanden, dass es SPURRILLEN waren …

Über die Autorin

Annette-Josefine Fischer, geb. 1964, ist im westfälischen Paderborn aufgewachsen und lebt mit ihrer Familie in der Nähe von Braunschweig.

Neben ihrer beruflichen Tätigkeit als Dipl.-Verwaltungsbetriebswirtin (FH) geht sie ihrer Lieblingsbeschäftigung nach: dem Schreiben.

Seit einigen Jahren schreibt sie Krimis, Kurzgeschichten, Gedichte und Aphorismen. Weiteres folgt sicher.

Bisherige Veröffentlichungen

Schwarze Perlen – Ein Fall für Klara und Ernst
ISBN: 978-3-941404-18-2
E-Book: 978-3-941404-19-9

Das Herrenhaus am Elm – Ein Fall für Klara und Ernst
ISBN: 978-3-958765-94-8